해
질 녘

해질녘

초판 1쇄 인쇄   2008년 8월 12일
초판 1쇄 발행   2008년 8월 16일

지 은 이   최일화
펴 낸 이   손형국
펴 낸 곳   (주)에세이퍼블리싱
출판등록   2004. 12. 1(제315-2008-022호)

주   소   157-857 서울특별시 강서구 방화3동 822-1. 화이트하우스 2층

홈페이지   www.essay.co.kr
전화번호   (02)3159-9638~40
팩   스   (02)3159-9637

ISBN 978-89-6023-189-4 03810

해 질 녘

최일화 지음

차례

제1부 해질녘

항구도시의 봄 10
고향 생각 11
우리 동네 국수집 12
항구도시 13
눈 내리는 날 14
해질녘 15
촌놈 16
고전적 말씀 17
어떤 미망인 19
승천 21
육신 22
우리 엄마 작은 무덤 24
어떤 신문기사 25
팔십오 세 어머니 26
큰어머니 27

제2부 뜸부기는 있다

장맛비 30
미꾸라지를 보다 32
제비 마중 34
제비 배웅 35
뜸부기는 있다 37
백로 39
꿩 41
까치 45
들꽃 47
논두렁 밭두렁 48
들녘은 꽃씨를 받아 50
들길 52

제3부 동행

동행 56

토요일 오후 58

봄은 다시 오는데 59

숙제 60

현존 62

갈대와 무덤 64

나의 인생은 이제부터다 66

시너지 효과 68

꿈 이야기 70

이웃들 74

시험 76

시행착오 78

얼굴이 가무잡잡한 사람 80

동력 83

제4부 오래된 편지

꽃처럼 별처럼 86

봄날 87

오래 된 편지 88

그해 봄 89

제비꽃 연가 90

개나리 91

제비꽃 92

외로움 94

이별 반 사랑 반 95

사랑이 식을 무렵 96

마지막 편지 97

헛된 다짐 98

이별 서곡 100

이별에 대하여 101

무제 103

이제 잊어야겠다 105

제5부 그런 날

네 생각 108

보랏빛 사랑 109

그런 날 110

너의 이름 112

저녁노을 114

선물 116

먼 마을 118

고해성사 120

봄을 다시 맞으며 123

'임의로우니까' 라는 말 125

한밤중에 일어나 127

무제 129

배필 131

두 별 133

대책 없는 그리움 134

가을 편지 136

6월이 오면 137

별의 말 138

너 거기 햇빛으로 있어라 140

모색暮色 142

자서 143

제1부 해질녘

항구도시의 봄

뭇사람들 피워 올린 그리움이다
간곡한 기다림 화사한 꽃으로 피어난 것이다
산에 들에 마을에 저 꽃 사태는
그리움 먼저 달려가 환한 꽃 세상 만들어 놓은 것이다
천국의 들녘이 아마 저럴 것이다
이제 마음속에 꽃만 피우면 된다
어느 세상이 이보다 더 아름다울 것인가
지상 최고의 잔치가 지금 항구도시에서 벌어지고 있다

최일화 시집_해질녘

고향 생각

조용히 눈을 감고 고향을 생각하면
맴 맴 맴 매미소리 소나기처럼 쏟아진다
사립문 옆 꽃밭으로는 나비 떼 벌 떼 북새통이다
미루나무가 줄지어선 그늘막에는
전쟁터에 나간 아들 사시사철 기다리는 할머니도 있었다
텃밭엔 하얀 감자 꽃 자주 감자 꽃 줄지어 피고
어머니는 날마다 아욱국만 끓였다
시름시름 앓다가 할아버지 돌아가신 후
마을 어귀 야산엔 큼지막한 무덤이 하나 새로 생겼다
조용히 눈을 감고 고향을 생각하면
우물가로 마을 길로 할아버지 무덤으로
눈부신 금빛 햇살이 폭포수처럼 쏟아진다

우리 동네 국수집

우체국 옆 우리 동네 국수집은
엄동설한에도 햇볕 따뜻하게 비친다
나는 가끔 비빔국수를 먹으며
돌아가신 어머니를 생각하거나
가족들 모여 콩국수를 해먹던 고향집 마루를 생각한다
버스를 탈 때마다 지나가는 국수집
가끔 고향의 동창생을 국수집 앞에서 만나기도 한다
근처엔 이발소, 미용실, 순댓국집,
자전거포, 막창구이집, 국민은행도 있고
젊은 의사가 진료 하는 프라임 치과도 있다
사시사철 온갖 서비스를 다하는 동네 사거리
문구점, 서점, 약국, 양품점,
솔드아웃슈퍼, 황금동태탕, 굴국밥집
'무엇을 도와드릴까요?'
거리를 대표하여 파출소가 늘 인사를 한다
노점에서 도토리묵 한 판을 사가지고 와 건네면
아내는 맛있게 묵밥을 만들어 준다

최일화 시집_해질녘

항구도시

내 고향에선
바다가 멀기만 한데
이곳엔 엎어지면 코 닿을 데 바다가 있다

내 고향에선
갈매기 구경도 하기 힘든데
이곳에선 집밖에만 나가도 갈매기 천지다

내 고향에선
소금장수가 소금을 지고 왔는데
이곳에 그 많았던 염전 다 어디로 갔나

내 고향에선
오곡백과 무르익었는데
이곳 어시장엔 사시사철 해물이 넘친다

농촌에서 자란 내가
지금은 항구도시에 와서 산다

눈 내리는 날

눈 내리는 들판을 바라보면
하얗게 눈이 쌓인 초가지붕
모락모락 저녁연기도 피어오르고 있다
저녁밥을 지으시는 어머니가 있고
하이네를 읽는 소년도 있다
아버지를 여읜 소년이 외롭지 않은 것은
뜨거운 피 끓는 청춘과 희망이 있는 까닭이다
그 청춘 그 희망이 없었다면
소년은 시름시름 앓다가 죽었을 것이다
펄펄 눈 내리는 들판을 바라보면
슬픈 낯빛의 소녀가 걸어온다
소녀를 알고부터 소년은 시를 썼다
나의 베아트리체 나의 에겔리아
소년은 시인도 되고 싶었다
펄펄 눈 내리는 들판을 바라보면
슬픈 낯빛의 소녀가 눈 속에서 걸어온다

최일화 시집_해질녘

해질녘

고추밭에는
고추가 주렁주렁 열리고
이제 곧 첫서리가 올 텐데
어서 고구마도 캐야 할 텐데
참깨도 털어야 하고
콩도 털어야 하고
수수이삭도 잘라야 하고
들녘은 온통
일손을 기다리는 것들뿐인데
허리가 휘도록 갈걷이에 바쁜 건
수수깡처럼 말라빠진
까칠한 노인들뿐
오늘 같은 공일엔
자식들 잠시 내려와
늙은 부모
일손 좀 도왔으면 좋으련만
뉘엿뉘엿 지는 해에
긴 그림자 홀로 들녘에 외롭다

촌놈

점심을 먹고 텅 빈 사무실에 앉아
인천 시가지를 물끄러미 바라보니
인천에 오던 옛일이 어제 일인 양 떠오른다

인천에 처음 올 때는 촌놈이었다
서울서 대학은 다녔지만 여전히 촌놈이었다
고향 들녘 풍광에 내 뼈마디는 다 굵었다

인천에 온 지도 벌써 30년이 되었네
촌놈이 인천 와서 30년 동안 굶지 않고 살았으니
하늘이 버리지 않고 나를 지켜준 게 틀림없다

30년을 살아보니 대도시도 별로 볼 게 없다
처음 올 때보다 낯선 것은 조금 면했지만
여전히 나는 도시 속의 촌놈이다

　　　　최일화 시집_해질녘

고전적 말씀

오래 전
중학교 2학년 때
지리 선생님
수업 중에 한 아이가
선생님 오줌 마려워요 하니까
종 치면 가거라
네가 납작 자지냐 하셨다

초등학교 시절 애국조회 때
바른 말 고운 말을 쓰라고
열심히 훈화말씀을 하시며
이 놈아
이 녀석아
이런 것은 욕도 아니라고
카랑카랑한 목소리로
교감선생님 말씀하셨다

대통령에는 이승만 박사
부통령에는 이기붕 선생을
우리의 영도자로 모십시다 하고
우리는 달달 외우기도 했지

어떤 미망인

일과를 마치고 귀가하여
손발을 닦고 났는데 전화벨이 울린다
뜻밖에도 목소리의 주인공은
백혈병으로 엊그제 죽은 죽마고우 옛 친구의 아내
모기소리만큼 가냘픈 목소리로
문상을 와주어서 고맙다는 인사 전화였다
친구가 남기고 간 수첩에서 전화번호를 안 것인가
함께 어울려 살아온 친구들보다 일찍 세상을 떠나며
일목요연하게 전화번호를 정리해 놓고 부탁이라도
한 것인가
나 죽어 장례를 치르고 난 후
문상 온 친구들에게 내 대신 꼭 인사 전화라도 해주
시오 하고
고맙다는 친구의 미망인과 짧은 통화를 끝내며
큰딸 결혼하면 꼭 연락하세요 하였지만
하루 이틀 세월이 흘러

가물가물 남편과의 추억도 기억에서 멀어지면
남편 친구들 전화번호 모두 잊을지도 모르지
그래도 몰라, 남편을 생각하는 애틋한 마음에
남편 친구들 전화번호 잊지 않고 있다가
두 딸 아빠 없이 결혼할 때
모두에게 연락해서
딸의 결혼식장에서 환하게 웃으며 하객들 맞이하고
있을지

승천

어머니 돌아가셔서
한 십리쯤 가시다가
다시 돌아오셔서는
얘야, 네 아버지 불쌍하게 생각하거라
얘야, 네 댁한테 잘 하거라 당부하시고는
또 한 백리쯤 가시다가
다시 한 번 돌아보시고는
아무 말씀 하지 않으시고
홀연히 승천하셨네

육신

어머니의 육신은
이제 다 썩었을 거야
내가 먹고 자란 어머니의 젖
그 젖무덤도
이제 다 썩어서
흙이 되었을 거야

사시사철
밥상 차려주던
어머니의 손
그 따뜻하던 손도
이제 다 썩어서
아무런 흔적도 없을 거야

어머니의 육신은
이제 다 썩어서
바람이 되고

최일화 시집_해질녘

물이 되었을 거야
저 강산 저 들판
햇살이 되었을 거야

우리 엄마 작은 무덤

우리 엄마 무덤에
작은 무덤에
겨자씨만큼이나 작은 무덤에
작은 풀꽃 몇 개 피어났어요

우리 엄마 무덤에
작은 무덤에
해 저물 녘 찾아가 곁에 앉아서
오순도순 애기하다 돌아옵니다

엄마 또 올게요
그래 잘 가거라
엄마와 헤어져 돌아오는 길
펼쳐진 저녁놀이 참 곱기도 합니다

어떤 신문기사

네 형제가 고시에 합격한
노부모의 얘기가 신문에 실렸다

사진 속의 어머니는
고개를 바로 하지도 못하고

오 부자의 가운데쯤으로
사십오 도가 기울어져 있었다

오, 우리 아들들하고
말하고 있는 것 같았다

어머니, 나의 어머니
나도 어머니의 장한 아들이었지요

팔십오 세 어머니

어머니 지금도 살아계셔서
팔십오 세가 되었더라면
방 하나 늘려 이사한 것 말고
세상이 변한 것 아무 것도 없어도
자식의 서러운 마음은
한결 덜했을 것을

어머니 지금도 살아계셔서
팔십오 세가 되었더라면
저 가로수 몸통 굵어진 것 말고
세상이 변한 것 아무 것도 없어도
자식의 원통한 마음은
한결 덜했을 것을

큰어머니

오늘 구십 세 생신을 맞이하신
우리 큰어머니
지금도 정정하시고 총기 좋으신 우리 큰엄마
지금도 자녀들 조카들 자랄 적 모습
다 기억하시는 큰엄마
구남매를 낳으셔서 다 키워내신 우리 큰어머니
어려서 잃은 딸 하나 가슴에 묻기도 하셨지
넉넉하지 못한 살림에 늘 근심 떠나지 않으셨지
조카들도 친자식처럼 여기시던 큰엄마
환갑 불원한 조카 태어날 때
옆에서 다 지켜보시고
발가숭이 젖먹이부터
코흘리개 시절까지 다 지켜보셨지
열다섯 때 큰 집 옆에 흙벽돌집 지을 때까지
한집에서 함께 사신 엄마 같은 큰엄마
사촌들 다 친형제 같았고
큰집이 곧 우리 집이었지

조카며느리 시집오던 날
며느리 보는 듯 기뻐하시고
조카며느리 출산 때
어머니와 함께 대기실 지키시며
딸일까 아들일까 노심초사하시던 큰엄마
어머니 세상 떠나신지 십 년이 넘었어도
큰어머니 정정하게 구십 생신을 맞으시니
어머니 생존해 계신 듯 기쁘기 한량없네
건강하게 오래 백 세 넘도록 사시어서
자녀들 열심히 사는 것 지켜보시고
따뜻한 봄볕도 더 쪼이시고 꽃들도 더 바라보시고

제2부 뜸부기는 있다

장맛비

칠월 하순 반도는 장맛비 속에 잠기다
텔레비전을 보다 시끄러워 끄고
낮잠을 청하다가
빗속에 잠긴 들녘이 궁금해 집을 나서다
장맛비에 분 우리 동네 장수천
콸 콸 콸
황톳빛 빗물을 서해로 쏟아내고 있다
잠수다리도 징검다리도 다 물에 잠겼다
행인도 없는 오솔길 지나 들길로 나선다
주룩주룩
장맛비는 들녘에 내리고
논두렁에 서서 고스란히 비를 맞는 백로, 해오라기
멀리 허리 굽혀 삽질 하며 물꼬 보는 농부
호수로 변한 논배미에
물오리들 좋아라 헤엄을 치고
부지런한 제비 물을 차고 날아오르네
초로의 소년 하나 하염없이 빗속을 걷네

먼 옛날 고향 들녘도 장맛비에 잠기곤 했었지
들녘 어딘가에
걱정하며 나와 서신 할아버지 모습도 보일 것 같네
산사태와 제방 붕괴 긴박한 특보에도
빗속에 잠긴 들녘
인적 없이 저 홀로 외롭다
이 장맛비 지나면 이 들녘엔
뜨거운 뙤약볕 불같이 들녘을 달구리라

미꾸라지를 보다

용산 수산시장에서 미꾸라지를 본 게 아니다
인천 소래포구에서 미꾸라지를 본 게 아니다
소래포구엔 없는 거 없이 다 있지만
바다 것만 있지 민물 미꾸라지는
뜨내기 장사꾼이 좌판을 벌일 때나 어쩌다 있다
옛날 시골에서 자랄 때
농한기에 물웅덩이에 물을 퍼내고 막 주워 담던 미꾸라지
장마철에 냇물이나 논고랑 수초 사이에서
건져내던 미꾸라지
그 토종 미꾸라지를 오늘 인천 들녘에서 봤다
장맛비에 논마다 수로마다 물이 넘치고
사람들이 저마다 그물을 들고 나와 물길을 후리면
한 움큼씩 잡혀 나오는 내 어렸을 적 그 미꾸라지
더러는 주먹만 한 토종 붕어가 건져지기도 하는 걸
농사 푸대접 받고
농민들 다 짐 싸들고 농촌 떠나고
농약에 비료에 씨가 말랐을 것 같던 송사리, 미꾸라지

이 장마 통에 인천 근교에서도 잡히는걸 보면
저 들녘이 아직은 건강하게 그것들을 길러내고 있
는 것이다

제비 마중

삼월 삼짇날 다가오니
제비 마중이나 나가야겠다
해마다 개체 수 줄어든다 하니
올핸 안 올지도 몰라
자전거를 타고 들녘을 내달리니
봄바람 비단처럼 부드러운데
철이 이른 탓인가
제비는 아니 뵈고
멀리 봄 길 위에
연인들의 다정한 뒷모습

제비 배웅

일찍 일과를 마치고 귀가하니
해가 중천에 걸렸다
목로에 나가 낮술이나 한 잔 할까
소래에 나가 바람이나 쏘일까 망설이다가
자전거를 끌고 나왔다

제비에게 인사라도 해야지
중양절도 가까웠는데
서창 들녘을 지나
해양 생태 공원을 지나
시흥 벌판을 한 바퀴 둘러봐도
푸른 하늘엔 흰 구름뿐 제비가 없다

아무래도 올해는 일찍 길을 나섰나 보다
살기 좋던 옛날을 아쉬워하며
먹을 것도 집 지을 곳도 여의치 않아
내년 봄

다시 와야 할 지 말아야 할 지
수심에 싸여
올해는 예년보다 빨리 강남 길에 올랐나 보다

뜸부기는 있다

몇 해 전 모 방송국에서
뜸부기를 찾기 위해 전국을 헤맸다고 했다
자연 다큐멘터리 프로였을 것이다
결국 충남 태안에서 한 쌍이 발견되어
생생하게 그 생태가 보도된 걸 보았다

그 후로 난 뜸부기는 멸종되었다고 생각했다
아니 곧 멸종될 거라고 생각했다
어릴 적 집 앞 논배미에서 뜸 뜸 하고 울던 뜸부기
장마가 시작돼 부슬부슬 비가 내리는 속에서도
벼 포기에 몸을 숨기고 뜸부기는 그렇게 울곤 했다

그 후 뻐꾹뻐꾹 뻐꾹새 숲에서 울고
뜸북뜸북 뜸북새 논에서 울 제 하는 노래를 들을 때나
그 노래를 흥얼거리며 들길을 걸을 때
아련한 옛 동무처럼 뜸부기가 그리웠다
논길을 걸을 때마다 습관처럼 뜸부기를 생각했다

나는 들었다 2005년 7월 경기도 시흥 앞 들녘
자전거를 타고 질주하다가 어렴풋이 뜸 뜸 하는 소리
나는 즉시 자전거를 세우고 소리의 방향으로 귀를 세웠다
뜸 뜸 분명한 그 소리, 어릴 적 듣던 바로 그 소리
저만치 풀이 우거진 논두렁에 뜸부기가 울고 있었다

2006년 여름 바로 엊그제도 나는 들었다
인천시 생태공원 만수하수처리장 뒤 논배미에서
7월 초순 어느 오후 또 다시 들려오는 뜸 뜸 틀림없
는 그 소리
나는 또 곧 바로 자전거를 세우고 귀를 곤추세웠다
저만치 논배미에 모습을 감추고 뜸 뜸 울어대는 먼
옛날의 뜸부기

최일화 시집_해질녘

백로

여기 폐 염전과 갯벌 어우러져 펼쳐진 넓은 벌판
갈매기 한 마리 길 잃어 애달피 끼룩거리며
잔뜩 흐린 하늘 높이 배회하고
저만치 부지런히 갯벌을 메워 흙을 돋우어
아파트 단지를 조성하는 바쁜 현장
나는 망연히 일모의 한 때를
폐 염전 물웅덩이 곁에 서서
깃털 고운 백로 두 마리 서로 쫓고 쫓기는
긴박한 순간을 목격하노니
물가에 평화로이 노닐던 저 야생의 자유로운 새들이
무슨 일로 저리 치열하게 부리를 앞세우고
날개를 푸득거리며 물을 튀겨
치열하게 쫓고 쫓기는 싸움에 휘말려 있는 것인가
먹이를 놓고 한판 다투는 듯도 하고
저만치 어디 조신하게 있는
천생의 배필을 놓고 사투를 벌이는 듯도 하고
이내 쫓기던 녀석 공중으로 붕 날아올라

벌판에도 다시 평화가 깃드는 것을
나는 어린아이와 같이 망연히 바라보고 있다
저만치 아파트 부지 토목공사 현장 옆으로는
팔차선 도로 부산하게 건설 중에 있고
이쪽 기존 고속도로엔
온종일 매연과 소음을 일으키며 질주하는 차량들
대도시 인근 지역 이 번거로운 이십일 세기 초엽
백로 두 마리 희고 고운 날개를 푸득거리며
쫓고 쫓기고 부리를 앞세워
용감한 병사처럼 달려들어 혈투를 벌이는 양은
차라리 한 폭 아름다운 꽃 같은 풍경
나는 오늘 저들의 치열한 생존의 모습을 목격하고서
안도하노니
대도시 인근에도 저리 건강한 야성이 여전 살아 있다
는 것
타고난 본성을 마음껏 펼쳐 보이는 저 경이로운 몸짓
까마득한 옛날 먼 조상 적부터 간직해온 저들만의 습성을
나는 대도시 인근 폐 염전 일모의 시각 한 폭의 그림
인 양 보고 있다

꿩

저수지 둑에 텐트를 치고 잔잔한 수면 보며
인터넷 헌책방에서 구입한 십여 년 전 베스트셀러
를 읽고 있다가
나는 갑자기 시 한 편 쓰고 싶어졌다
막상 떠오르는 시상도 없는데 시가 쓰고 싶어지면
어쩌란 말이냐

책도 한 철이 있구나 생각하며 다시 책을 읽으려는
데 '꿩꿩' 꿩이 운다.
아까부터 '깍깍' 까치가 여러 마리 소란을 피우고
저수지 저 편 숲속 뻐꾸기 애처롭게 울어도 거들떠
보지도 않았는데
목 쉰 꿩의 탁한 소리에 수면에 파문 일듯 귀는 쫑
긋 풀 섶으로 향한다

아무래도 오늘은 저 꿩 내 마음을 뒤흔들어 시 하나
쓰게 하려나 보다

애처롭기는 너보다 저 뻐꾸기 더 애처롭고
구슬프기는 너보다 저 산비둘기 울음소리 더 구슬픈데
네게로 향하는 내 심사는 아무래도 너와 나 오랜 애
증의 기억 때문일 게다

내 식욕을 너는 자극하고 나는 원시의 본능으로 너
를 추적하였지
네 자유를 구속하고 네 생존에 위협을 가해 왔다
난폭한 살육자 되어 너의 뒤를 밟고 둥지를 밀탐하고
너의 어린 새끼들 잡아들이는 만행을 저질러 왔다

그로부터 너는 바깥출입을 삼가고 풀섶으로 몸을
숨겼던 게다
까치가 온 몸을 펼쳐 자유로이 민가와 들녘을 비상
하는 날에도
산비둘기 떼를 지어 숲에서 숲으로 넘나드는 날에도
너는 늘 잡목 사이로 논둑 밑으로 숨어들었다

비상은 위태로웠고 날아드는 총탄에 네 날개는 부
러졌다
너의 참혹한 역사를 알기에 나의 귀는 쫑긋 네게로
열리나 보다

그 기구하고 참혹한 운명을 슬퍼하고 괴로워하며
　너는 이 대명천지 밝은 세상을 식민지처럼 사는 법
을 익혀 온 게다

　너의 회한이 오늘은 나의 시심에 한 송이 꽃으로 피
어나려나 보다
　뙤약볕 내리쬐는 여름 한 때 네 울음소리 오늘따라
저리 애절한 것은
　네 모습 내 마음에 한 개 비애로 맺혀있는 까닭이다
　공포에 가득한 네 모습 가시지 않는 영상으로 내 마
음에 자리한 까닭이다

　'꿩꿩' 다시 들려오는 목 쉬어 탁한 외마디, 외마디
소리
　먼 옛날 악동의 시절 산딸기 익어가던 수풀 속 네
둥지를 찾아냈었지
　너는 놀라 달아나고 너의 둥지는 가난한 시골아이
횡재가 되었었지
　그랬다, 너의 둥지는 가난한 시골아이 밥상의 탐스
러운 먹거리가 되었었다

　네 울음소리 쫓아 우리는 너의 둥지를 밀탐하곤 했지

원시의 자식들이 종횡무진 들판을 가로질러 사냥에
출동하듯이
　그래서 너는 지금도 나만 보면 황급히 달아나는가 보다
　비명을 지르며 허겁지겁 고개를 처박고 풀섶으로
숨어버리나 보다

　멀리 저수지 너머 숲속에서 들려오는 애처로운 뻐
꾸기 소리
　'꿩꿩' 저쪽 논두렁 풀섶에서 들려오는 네 울음소리
　저수지엔 많은 사람들 무심한 듯 낚싯대를 드리우
고 있다
　꿩 먹고 알 먹고 싶은 욕심으로 꿩 대신 닭이라도
잡는 심정으로

까치

들길을 걷는데
까치가 깍깍 말을 걸어온다
만나서 반갑다고
어디 가시느냐고
여기는 먹을 것이 많아서
겨울나기가 좋다고
정답게 말을 걸어온다

저 까치 중엔
이 들판 저 야트막한 아카시아 둥지에서
지난 봄 태어난 것도 있으리라
멀리 시베리아로 강남으로
떠나야 하는 수고도 없이
태어난 고장 태어난 마을에서
마을 사람과 함께 까치는 산다

까치들이 겨울을 나는 들판엔

멧비둘기도 두세 마리 모이를 쪼고
텅 빈 하늘 흔들리는 갈대
멀리 가물가물 들길을 가는
사람의 모습도 하나 보인다

최일화 시집_해질녘

들꽃

들꽃인들
왜 괴로움이 없겠는가
들꽃인들
왜 외로움을 모르겠는가

괴로움 속에서도
꽃을 피워
생명의 기쁨을 노래하고
외로움 속에서도
씨앗을 맺어
성스러운 생명 찬미하는 것이지

들꽃인들
왜 삶이 슬프지 않겠는가
들꽃인들
왜 죽음이 두렵지 않겠는가

논두렁 밭두렁

논두렁 지나 학교에 가고
밭두렁 걸어서 일꾼에게 새참 날라주고
나의 유년은 논두렁 밭두렁
들길 산길로 쏘다니며 시간을 다 보냈다

걷는 길가 메뚜기는 떼를 지어 날고
잠자리는 앞서거니 뒤서거니 길동무 했다
소나기도 땡볕도 나의 친구였다
시냇물도 송사리도 나의 동무들이었다

그로부터 반세기 지나
나는 이 골목 저 골목 도회지를 걷는다
쇼윈도를 들여다보거나
음식점에서 흘러나오는 구수한 냄새를 맡으며

쇼윈도를 들여다보는 일보다
음식점에서 새어나오는 구수한 냄새보다

논두렁 밭두렁의 풀냄새가 좋아
나는 가끔 시골길을 찾아가 혼자 걷는다

들녘은 꽃씨를 받아

분홍 꽃에 스며 있는
핑크 빛 그리움
붉은 꽃에 타오르는
장밋빛 정열
내 마음에 옮아
붙은 사랑의 불길
들녘엔 꽃
하늘엔 별
바다 푸르고
대지에 태양 빛나니
우리도 빛나는 사랑 할 수밖에 없다
운수행각 마치고
서산에 이른 태양
붉은 저녁놀
태양의 열반송
사는 것은
서로 사랑하는 일

최일화 시집_해질녘

밤과 낮이 몸을 맞대고
하늘과 바다 서로 포옹하듯
너와 나의 연분도
대자연의 질서
우주의 꽃봉오리
들녘은 꽃씨를 받아
품속에 품고
철새들 오가도록
하늘도 길을 연다
이제 곧 땅 위에 함박눈 내려
포근하게 들녘 덮기도 하리라

들길

끝없이 이어진 들길로
중년의 남자 하나 자전거를 타고 간다
사방을 둘러보아도 인적 없는데
농사철도 아닌 한 겨울에
무슨 일로 자전거를 타고 나섰을까
구조 조정 바람에 회사를 그만두고
재기의 기회를 찾고 있는 중일까
홀어머니 여의고 회한에 울며
마음 달래려 나선 걸까
가난한 시인이 외로움을 달래려고
자전거 하나 장만하여 운동 겸 해서 타는 걸까
바람에 갈대 서걱거리는 들판
콧노래를 부르며 가는 저 사람
출가하여 속세와의 인연을 끊지 못한 걸
후회라도 하는 걸까
첫사랑의 여인을 아직도 못 잊어
나직하게 그의 이름을 불러보는 걸까

로버트 프로스트의 '가지 않은 길'
나직이 읊조리며 삶의 여정을 회상하여 보는 걸까
중년의 남자 하나
자전거를 타고 끝없이 이어진 들길을 간다

제3부 동행

동행

수수밭 길 지나
감자밭 길
논둑 길 지나 밭둑 길
길동무 되고 말동무 되어
함께 가자 우리
꽃 피는 시절부터
낙엽 지는 계절까지
비 내리는 아침부터
눈 내리는 저녁까지
고샅길 황톳길
오리무중 안개 길
노을 진 저녁 길
논두렁 밭두렁 산길 들길
함께 가자 우리
눈물과 한숨 주고받으며
슬픔을 만나면 슬픔과 더불어
기쁨을 만나면 기쁨과 함께

최일화 시집_해질녘

들길에 앉아 꽃을 보다가
땡볕 속 걷다가 나무그늘에 쉬다가
하늘을 보고
구름을 보며
등짐 잠시 내려도 놓고
가시밭길 흙탕길 돌밭 길일지라도
함께 가자 우리
천생의 연분으로 함께 가자

토요일 오후

허름한 주막에 앉아서
환담을 나누는 초로의 두 신사
나는 이만치 앉아서 혼자 술잔을 비운다
저 분들은 퇴직한 샐러리맨
말투와 외양만으로 나는 금방 알아낸다

직장을 내놓고
한가하게 추억담을 나누는 정겨운 모습
퇴직금은 두둑이 받았을까
연금이라도 받는 것인가

탁자와 탁자 사이
저만치 나는 내일의 내 모습을 보고 있다
한가한 토요일 오후
밖에는 오후의 햇살이 빛나고

봄은 다시 오는데

-조병화 시인 영전에

조병화 시인 영전에 문상을 하고 오는데
부슬부슬 봄비 내리네
흘러가던 구름 눈물 되어
그 눈물 부슬부슬 봄비 되어 내리나

구름처럼 허허롭게 사신 편운
강산엔 다시 봄이 오는데
편운의 노래를 들을 수 없다니
아 아! 편운의 노래를 들을 수 없다니

문상을 마치고 돌아오는 길
밀려드는 외로움 주체할 길 없어
혼자 목로에 들어 소주를 마신다
송내역 부근 밖에는 부슬 부슬 비가 내리고

숙제

산더미처럼 쌓여 있는 숙제
저 숙제를 어떻게 다 할 것이냐
둘러보면 온통 미완의 숙제
아쉬운 마음에 삐뚤빼뚤 숙제를 적어보네
혹시 아는가 오래된 숙제 해결되어
마음에 걸렸던 거 봄눈 녹듯 사라지면
한결 가벼워진 마음으로 노후 맞이할 수 있을지
그냥 잊어버리고 마음 편히 살 걸
공연히 긁어 부스럼이나 되지 않을지
분주하고 복잡한 일 잠시 접어두고
텅 비운 마음으로 들판 거니는 일
들판 거닐며
제비들 무사히 강남으로 떠났는지 살펴보는 일
싸리나무 가지 끝
빨간 고추잠자리 가녀린 몸짓 바라보는 일
아무 것도 아닌 일로 서먹했던
근 10여 년 만나지 못한 옛 친구

문병이라도 다녀와야 하는 걸

군 생활을 했던 그 고장
그 산야 정다웠던 곳
어느 날 훌쩍 바람처럼 찾아가 젊은 날의 추억 돌아보는 일
아내를 데리고 여행 한번 가는 일
아내의 손가락에 반지 하나 다시 끼워주는 일
주변머리 없는 나는
매번 아내의 생일 그냥 넘기더니
결혼기념일도 은혼식도 또 그냥 넘기고 말았네

현존

무더운 여름
쓰레기장 옆을 지나간다
확 끼쳐오는 오물 냄새
이 악취가 쓰레기더미에서 나는 것인지
내 몸에서 풍기는 건지
일순 착각에 빠진다

언젠간 썩어
저 쓰레기처럼
악취가 코를 찌를 내 몸뚱어리
서둘러
저 흙구덩이나 불구덩이 속으로
내던져질 내 몸뚱어리

나의 목숨
오늘 또 한 여름을 맞이하다
얼마나 기쁜 일이냐

싱싱하게 꽃을 피우고 열매를 맺고 있는
세상 속의 나, 한 점 빛
반짝반짝 생각의 날개를 펴고 있는
뙤약볕 같은 나의 현존

갈대와 무덤

머지않아
어린 갈대
무수히 자라 오를
이른 봄 벌판에
지난 가을
생을 접은 갈대
아직도
거기 서서
울고 있는 걸 보면
공원묘지 저 많은 무덤들이
그냥 옛날 일 까마득히 잊고
무심히 누워
세월 보내는 것 같지가 않다
세상에 남아 있는
내 자식
내 형제 걱정에
갈대처럼

이 봄에도 깨어서
기도하고 있을 것 같다

나의 인생은 이제부터다

이제 나는 제 2의 청춘을 살아간다
오래 전 아버지와 할아버지가 걸어갔던 길
고향 어른들, 노시인들, 교육자들 걸어갔던 그 길을 따라
그러나 또한 아무도 걷지 않은 나의 길을 따라
이제 제 2의 청춘의 삶을 시작한다
젊은 세대에겐 젊은이들이 가야 할 길이 있고
나는 열심히 그 길을 따라 걸어왔으니
새롭게 펼쳐지는 미지의 길
모험 있고 흥미로운 풍경 가득한 그 길을 따라
이제 내 걸음걸이로 걸어갈 것이다
더러는 낯선 풍경에 당황도 하리라
예전엔 미처 몰랐던 황홀한 순간도 만날 것이다
만면에 웃음 띤 농부의 기쁨을 얻기도 하고
은은한 단풍 빛깔의 사랑 만나기도 할 것이다
햇빛 순하게 내리는 가을 풍경도 닮아갈 것이다
젊은 시절 범한 모든 실수와 잘못을 돌아보기도 하며
나의 일을 새로이 찾아 즐겁게 하고

세상일에 일일이 간섭하지 않으리라
삶은 아직도 많은 희망으로 가득 차 있음을
스스로 깨우치고 실천해 가리라
이제 바야흐로 황금의 시절에 접어들었음을
세월과 더불어 무르익는 원숙한 경지
가장 빛나는 시절에 당도하였음을 감사하며
겸허하고 경건하게 하루하루를 엮어가리라

시너지 효과

자, 준비됐습니까?
그럼 왼발 먼저 들어 보세요
그대로 오 분만 서 있어 보세요
사시나무처럼 떨린다구요?
자, 이번엔 오른발을 들어 보세요
어때요, 지금도 사시나무처럼 떨립니까?
자, 그럼 발을 내리고 두 발로 서 보세요
어떻습니까?
괜찮다구요? 편안하다구요?
두 발로 서는 것이
한 발 더하기 한 발이 아닌 것 같다구요?
한 발로 서는 것이
두 발로 서는 것의 절반이 아니라구요?
한 발로 서는 것은
두 발로 서는 것의 천 분의 일만 분의 일
두 발로 서는 것은 한 발로 서는 것의
천 배 만 배가 된다구요?

왜 그러세요?
생각나는 것이 있다구요?
무엇입니까? 생각나는 것이 무엇입니까?
자, 준비됐습니까?
왼쪽 발을 들고 서 있어 보세요
다시 오른쪽 발을 들고 서 있어 보세요
자, 그럼 두 발로 땅을 짚고 서 보세요
어떻습니까? 두 발로 쾅 쾅 땅을 굴러 보세요

꿈 이야기

그것만이 나는 나의 꿈인 줄 알았어
꿈은 당연히 커야 하는 걸로만 알았지
사실 초등학교 적엔 꿈같은 건 가져본 일도 없지
중학교 땐 커서 돼지 키우는 일이 나의 꿈이었지 아마
십대 후반에 연애와 동반하여
나의 꿈이 명멸하기 시작한 거야
그 무렵부터 커다란 꿈 하나 저만치 걸어놓고
그 꿈을 향해 허우적허우적 가파른 언덕을 오르고
거센 맞바람 온 몸으로 견디며 여기까지 온 거야
꿈은 세계적 석학의 서재에 걸려 있기도 하고
노벨상 수상자의 연구실에 놓여있기도 했지
그러다가 이십대 후반엔 또
저 맨션아파트 숲에 걸려 있기도 하고
대기업 사장실에 근사하게 나붙어 있기도 했지
친구들과의 대화 속에 잡힐 듯 말 듯

신기루처럼 어른거리기도 했어
이제 와서 생각하니
원래 꿈이란 실현되지 않는 건지도 몰라
꿈은 꿈으로 그냥 거기 있는 것인지도 몰라
잡히지 않는 꿈을 안고 얼마나 많은 상심의 밤을 보냈는지
꿈이 너무 높은 곳에 있는 것이 아닐까
닿을 수 없고 올라갈 수 없는 곳에 걸어둔 것이 아닐까
어느 날 불현듯 내 꿈이 잘못 걸려 있다는 생각도 해보았지
혼란스러웠어
이룰 수 없는 것은 결코 꿈이 아닌 것인지
꿈이란 원래 이룰 수 없는 것인지
웬걸, 주위엔 그 꿈을 이루는 사람들이 있기도 하더라니까
처음엔 얼마든지 꿈을 이룰 수 있다고 생각했어
그렇지만 운도 따라야 한다는 생각엔 그만
고개를 절레절레 흔들기도 했지
처음엔 누구나 꿈을 높게 걸어놓기도 할 거야
시간이 흐르면서 흐지부지 되는 게 문제이긴 하지만
그러다가 내려 걸기도 하고 다시 올려 달기도 하고
까딱 잘못하다가는 꿈처럼 보이는 것이 꿈이 아니라
마음속을 훑고 다니는 괴물이 되기도 하는 거야
나도 종종 저 정체 모를 괴물에 마음 쏠려
괴물을 꿈이라고 착각하고 살아온 적 많았지

그렇지만 결국 나는 꿈을 낮춰 걸어야 했어
그 높은 꿈엔 아무런 희망도 가망도 없다는 걸 알았지
이제야 어렴풋이 알 것도 같지
작고 아담한 나의 집이 얼마나 따뜻한지
예쁘지 않고 배우지 못한 나의 아내가 얼마나 소중한지
저 높은 곳의 나의 꿈을 진작 끌어내려
생활 가까이에서 토실토실 여물게 해야 했어
나이를 먹어가며 나는 겨우 깨달은 거야
젊었을 적엔 꿈을 높이 거는 게 당연할 거야
이제야 나는 나이에 걸맞은 꿈을 다시 찾아낸 거야
나이 들어 늘어놓는 변명인지도 몰라
잎이 돋고 꽃이 피는 사소한 것들이
얼마나 소중한 나의 꿈인가를
아침 해를 맞이하고 저녁놀을 보는 일이
얼마나 행복하고 눈물겹게 고마운지를 알았다는 게
성공하지 못한 자의 넋두리인지도 몰라
하지만 모두 다 변명이거나 넋두리는 아닐 거야
꿈은 무지개처럼 휘어져 있는지도 몰라
무지개는 왼쪽부터 봐도 오른쪽부터 봐도 언제나
아름답지
어렸을 적 바라봐도 아름답고 늙어서 바라봐도 아
름답지

꿈은 무지개를 타고 올라갔다가 무지개를 타고 내
려오는 것인지도 몰라

이웃들

밤길 걷다가 돌멩이를 걷어차 골절된 발가락에
뼈를 맞추고 핀을 박아 고정하고
아프지 않느냐 묻는 정형외과 김 박사
충치로 썩어버린 내 이빨을 얼른 빼버리지 않고
이리저리 살펴보며 절묘하게 살려내는 우리 동네
치과의사
돈을 바라고 일을 한다 해도
얼마나 고마운 이웃들인가
내 머리털이 까치집을 얹어놓은 듯
덥수룩하게 자라
감아 보고 빗어 봐도 개운치 않다가
우리 동네 이발사 손길로 단정하게 다듬어진 날
나는 옛 친구를 만나 소주를 한 잔 나눴지
맛깔스러운 안주에 대화는 밤늦도록 무르익었지
하물며 옛날 짝사랑하던 여자는 말해 무엇 해
외로움과 그리움에
몸과 맘이 갈대처럼 흔들리는 날

아련히 떠오르는 네 생각
온 몸에 생기를 불러오는 청량제인 걸
실패하고 절망했던 그 모든 일마저
오늘의 내 삶의 풍경을 다채롭게 꾸며주는
한 때의 즐거운 추억인 것을
까치 한 쌍 바삐 날아다니며 미루나무에 집을 짓고
꽃망울 잔뜩 부풀어 대향연의 봄을 준비하는 날
남녀노소 쏟아져 나와 북적대는 거리에 내리쬐는
눈부신 햇살
경쾌하게 달려오는 버스에 오르며
오늘 이 하루는 보석보다 더 값진 기쁘고 고마운 선
물인 것을

시험

4일간의 1학기 기말고사가 오늘 끝났다
아이들은 날아갈 것 같은가 보다
시험은 참 쓰디쓴 기억이다
먼 초등학교 시절에도
공부 잘하던 동무가 은근히 두려웠다
중학교 고등학교를 지나
만학으로 학업을 마칠 때까지
시험은 일정한 간격으로 찾아오는 그 뭐라 할까
불청객이라 할까
악마라 할까
시시포스의 돌이라 할까
참혹했던 기억도 지나고 나면 다 잊게 되는 건가
나는 이제 시험문제 출제자가 되고 감독자가 되어
아이들의 저 고군분투를 예사롭게 보고 있다
언제 시시포스의 돌을 굴려 올리듯
시험을 보던 때가 있었냐는 듯
하긴 시험이 아직 다 끝난 것은 아니다

이순이 다 된 지금도 나는 종종 그 돌을 굴리고 있다
무엇을 위해 악착같이 돌을 굴려 올리며 살아왔는지
지옥에 가 살더라도 오래 살면 정이 붙기도 할 것이다
그동안 어지간히 저 악마와도 정이 들었다
종종 악마의 얼굴에도 천사의 미소가 환하게 피기
도 했으니

시행착오

모 대학을 내가 중퇴한 것이
연애에 실패한 까닭이라고 할 수도 있다
시절이 어수선하여 학업에 맘 붙이지 못한 까닭이
기도 할 것이다
그러나 불찰은 오직 내 자신에 있다

내가 중퇴하지 않고 졸업을 했더라면
지금쯤 성공한 사람 소리 들을지도 모른다
나는 이른바 삼류대학 영문과를 다시 나와
오랫동안 영어교사를 하고 있다

중학교 삼년 고등학교 삼년
내가 좋아한 과목은 영어였다
애초에 다른 과를 택한 것은
영문과보다는 경쟁률이 다소 낮았기 때문이고
문학가가 되겠다는 꿈이 한 가닥 또 있었기 때문이었다

그 대학을 떠날 때 나는 많은 것을 잃었다
쌓아오던 우정을 한꺼번에 잃었고
스물한 살 젊은 나이에 긍지와 자부심을 송두리째
잃었다

하지만 한편 지금 생각하면
좋아하던 과목과 함께 살아온 것이 여간 고맙지 않다
시를 쓰며 여행을 하며 영어 선생으로 평생을 살려고
그때 데모대를 따라다니고 술을 마셔대며
자청해 퇴학을 맞았는지도 모를 일이다

그렇지만 그때 헤어진 친구들 생각하면 지금도 마
음이 아프다
명문대 좋은 친구들을 한꺼번에 잃고 살아왔으니
평생 학벌 콤플렉스를 안고 살아왔으니

이제 정년도 몇 해 남지 않았다
다시 한 번 인생을 산다면 이런 실수는 하고 싶지 않다

얼굴이 가무잡잡한 사람

옛날에는 어쩌다가 얼굴이 가무잡잡한 사람이 지나가면 저 사람은 얼굴이 좀 가무잡잡하구나 하고 생각하면 그만이었다. 그런데 요새는 차를 타고 가거나 길을 걸어가다가 얼굴이 가무잡잡한 사람이 지나가면 저 사람은 저 동남아시아 어디에서 일하러 온 사람이구나 하고 생각하면 틀림이 없는 것이다.

그렇게 얼굴이 가무잡잡한 사람들 여럿이 공휴일 어디로 놀러갈까 의논하는 것처럼 버스정류장에 옹기종기 모여 있는 것을 볼 때나 값싼 고물자전거 하나씩 구해가지고선 희희낙락 알아들을 수도 없는 저희들 말로 재미있다는 듯 지껄이며 갯벌공원 산책길을 내달리는 것을 보면 옛날에는 보지 못했던 낯선 풍경을 보는 감회에 잠시 머릿속을 스쳐가는 생각이 또 있게 마련인 것이다.

우리가 항시 우리 민족은 어떠어떠하다 하는 말 중

에 머리가 좋다든지 단군의 자손으로 단일민족이라든지 하는 말을 얼마나 즐겨 사용해 왔는가. 그런데 그것이 요새 와서는 편견일뿐더러 세상살이에 어울리지도 않고 전혀 도움도 안 된다고 말하면 더러는 주먹이라도 불끈 쥐고 한방 내지르고 싶은 생각이 드는 사람도 또 없지 않을 것이다.

이러한 편견과 맹목적 우월주의가 해외에 나가 사는 우리 동포에게도 하나도 이로울 게 없고 당혹스러울 뿐만 아니라 사람들에게 아주 그릇된 편견을 갖게 하고 갈등을 조장하여 평화와 화합을 깨트리는 그릇된 결과를 낳기도 할 것이다.

보라, 톨스토이 옹 일갈하여 한마디 하지 않는가.

* 남들보다 우월하다고 생각하는 건 어리석고 비도덕적이야.
남의 가족보다 내 가족이 우월하다는 건 더 어리석지.
자기 나라가 다른 나라보다 우월하다고? 그건 최악이야.
그런 교만을 미덕으로 생각하면 못써.

지역마다, 인종과 종교마다 고유한 문화 있고 역사 있을 뿐이지 어떤 우열이란 없는 것 아닌가. 지리 역

사적 여건이 빈부의 차이를 낳았다 해도 모든 인류의
인권은 평등한 것 아닌가. 민족의 자긍심을 갖는다는
게 옹졸하고 편협하기만 해서 날선 말들이 못난 우월
주의와 어울려 사람들의 입에서 입으로 옮겨 다니며
여기저기 분쟁을 일으키고 오해를 낳고 평화를 깨트
리는 것은 하루빨리 개선되어야할 우리 사회 일각의
병폐다.

*
Thinking yourself better than others is stupid
and not morally good.
 Thinking your family is better than others is
even more stupid.
 Thinking your nation is better than the rest is
the worst idea you can think up. However, some
don't think of this as bad, and consider pride a
great virtue."

-Leo Tolstoy

동력

정신없이 따라만 왔지
세상이 변하고 있는 줄도 모르고
세상이 변하는 것 당연한 것으로 여기고
이제 잠시 고갯마루에 걸음을 멈추고
지나온 세월을 돌아보니
세상은 상전벽해桑田碧海
나도 엄청나게 변했음을 비로소 안다
변화무쌍한 조화를 부리는 온갖 구름 사이로
한결같이 빛나는 태양처럼
역사를 관통하여 변하지 않는 것
태초로부터 인류와 함께 해 오는 것
그 빛, 그 진리 항시 유구한 것은
저 무수한 변화의 소용돌이 앞에
우리가 오히려 의연하게 우리의 자리를 지키는
바로 그 동력이 되지 않는가
세상을 온통 아름답게 만들고 있는 힘이 아닌가

제4부 오래된 편지

꽃처럼 별처럼

풀잎이 풀잎을 일으켜 세우고
꽃들이 꽃들에게 손짓하는
들녘의 아침은 아름다워라

어둔 밤 반짝반짝 돋아나는 별
별들이 별들에게 손짓하는
밤하늘 별들은 아름다워라

내 곁에서 네가 빛나고
네 곁에서 내가 빛나면
꽃처럼 별처럼 얼마나 좋으랴

최일화 시집_해질녘

봄날

꽃과 나비가 만났습니다
나비는 예쁜 꽃에 반하여
그 빛깔 그 향기 그 고운 살결에 취하여
비밀이 알고 싶은 듯
온종일 꽃과 바람과 봄볕 사이를 서성댑니다
아무런 비밀을 알지 못한 채
바쁜 일이 있는 것처럼
홀연히 나비는 꽃을 떠나고
나비가 떠난 자리에
꽃은 언젠가는 온갖 비밀을 털어놓을 듯
언젠가는 나비가 다시 올 것을 믿는 것처럼
그 빛깔 그 향기 더욱 짙게
웃는 낯으로 웃는 낯으로 피어 있습니다

오래 된 편지

연둣빛 편지지에
또박또박 써내려간 오래 된 편지
낡은 책갈피에 오랜 세월 잊혀졌다가
오늘 아침 햇살 퍼질 무렵
문득 다시 나타난 푸릇푸릇 젊음이 묻어나는
열아홉 살 네 편지
오늘 네가 이렇게 새롭게 다가오려고
오랜 세월 나는 너를 잊지 못했나 보다
아카시아 꽃
옛날을 회상할 때마다 진동하던
아카시아 향기
계절은 다시 십이월로 접어드는데
네 편지에선
오월의 향내가 난다
이제 곧 눈 내리고
초겨울 한파 닥쳐올 텐데
네 편지에선 여전히 오월의 향기가 난다

최일화 시집_해질녘

그해 봄

너의 편지를 잘게 찢어
꽃잎 뿌리듯
봄 길 위에 뿌리니
복사꽃 잎 흩어지듯
네 추억 우수수
바람에 날렸네

세상 어디에도
꽃 한 송이
피지 않았지
산에도 들에도
꽃이 피지 않았지
그해 봄엔

제비꽃 연가

봄 마중 갈까
나의 편지에
제비꽃이 오라고 손짓하면 그때
답신 보내온 그대
시절은 일러
제비꽃 아니 피고
마음은 서둘러
봄 길로 나서네
제비꽃
언제쯤 손짓을 할까
손꼽아 기다리는
그대의 소식
기다리다 날 저무는
외로운 심사

개나리

개나리꽃
만발할 때
첫사랑에 울었지
세월 가고
나이 먹어도
그 사랑 그 추억
잊을 수 없어
만발하던 개나리
어느새 지고
꽃 진
개나리 울타리 곁에서
아무도 몰래
눈물짓네
옛사랑에 우네

제비꽃

제비꽃 피었다는
그대의 편지 받고

한나절 봄볕 속
들녘을 헤맸네

민들레가 방긋 웃는
논두렁에도

작은 풀꽃 반겨 맞는
밭두렁에도

한나절 다가도록
제비꽃 못 찾았네

제비꽃 못 찾고
이 봄 다 지나가면

최일화 시집_해질녘

제비꽃 지고 나서
그대 멀리 떠나면

내 사랑은 멀고 먼
추억이 되고

낙엽 쌓인 숲길을
혼자 걸으며

잊혀진 계절의 슬픈 사랑
제비꽃 생각하리

외로움

바람처럼 가벼이 들길 걷다가
봄볕 속에 앉아 신록의 산야 바라보며
인생은 참 외로운 것을

어제의 추억 있고 내일의 희망 있어도
친구 있어 기별 오고 일상이 늘 바쁘더라도
사람 사는 일 참 외로운 것을

오늘도 온종일 네 생각
삶이 외로워 네가 그리운 걸까
네가 있어 이 봄날 외로운 걸까

바람처럼 허허롭게 들길 걷다가
풀밭에 앉아 호수의 물결 바라보며
꽃 피는 계절도 이렇게 외로운 것을

이별 반 사랑 반

너와 나는
이별 반 사랑 반을 산다
이별인가 하면 사랑이 어느새 자라나 있고
사랑인가 하면 어느새 이별의 새순이 돋아난다
사랑은 영원한 사랑이 아니고
이별은 또 영원한 이별이 아니다
너와 나는 오늘도
이별 반 사랑 반을 산다

사랑이 식을 무렵

너의 한마디 말이 모든 의미가 되고 열정이 되었었다
그 의미와 열정이 평생 지속될 줄 알았다
그때 나의 인생은 행복할 것이라고
후회 없는 삶이 될 것이라고 점치기도 했다
이제 나의 말 가장자리에 곰팡이 슬고
배추 잎처럼 너의 말은 시들어간다
무엇이 말에서 의미와 생기를 빼앗아 가는가
시간인가 유한한 목숨인가
창조주의 섭리인가 너와 나의 결함인가
아무런 실체를 확인하지 못한 채
떨어지는 꽃잎 하염없이 바라보고 있다
속절없이 떨어져 뒹구는 낙엽을 본다

마지막 편지

너에게 편지를 쓸 때마다
이 편지가 마지막 편지가 아니기를 빌어본다
나의 사랑은 왜 이렇게 불안정한가
조금만 한눈을 팔면
보이지 않는 곳으로 멀리
날아가 버릴 것만 같은 너
이 편지가 마지막 편지가 아니면 좋으련만
너에게서 아무런 답장이 없이 계절이 바뀌면
이것이 마지막 편지가 될 수도 있는 것이다
마지막이라고 하는 것은 우리를 슬프게 한다
너에게서 아무런 회신을 받지 못하고
이 편지가 내가 너에게 보낸
마지막 편지가 된다면
눈 내리는 풍경을 바라보아도
꽃이 피는 봄날이 무르익어도
내 마음엔
쓸쓸한 추억 흩날리고
우수의 꽃 피어나리라

헛된 다짐

헤어지자
헤어지자고
모질게
다짐을 해보지만
금세
헤어질 수 없다는 생각
너는
나보다
쉽게
떠날 수도 있을 것만 같아
조바심에
금세
몸 둘 바 모르지
너보다는
내가
너를 더 좋아하는 것 같네
너는

나를
아무렇게나 생각하나봐 아무래도
사랑이
남자들만의 전유물도 아닐 텐데

이별 서곡

컴퓨터를 켜며 텔레비전을 보며
너는 곰곰 생각했을 거야
그 사람 마음이 변했다고
저녁 산책을 하며 노을을 보며
나도 네 생각을 했지
우리는 아무래도 이별을 해야 한다고
나는 네 언행에서 냉기를 찾아내고
너는 내 사는 세상이 낯설어지고
내가 살아온 세상이 그저 수수께끼나 같고
낯선 세상에 사는 내가 낯설어
저쪽 마을 낯익은 사람에게
네 마음 송두리째 옮겨갔지
나는 또 한 아름 비애를 안고
사랑에도 끝이 있는 법이라고
이것도 다 대자연의 섭리로 여기고
홀로 떠날 낯선 여행길 생각하네

최일화 시집_해질녘

이별에 대하여

공허와 비애를 에너지 삼아
망각 속으로 자라나는 형체 없는 물체
이별의 가혹한 싹이 돋아나거든
눈물로 탄식부터 할 일이 아니다
과학자의 눈으로 냉철하고
예술가의 가슴으로 따뜻하게 바라보라
몰려드는 하늘의 검은 구름을
저만치 멀어지는 행복했던 날들을
햇빛에 마르고
바람에 풍화되고
희미한 흔적 남기며 상처 아물고
망각의 안개 먼 능선을 덮으면
이별은 먼 통증
기억 속의 피 흘림
그대의 영혼에
또 하나의 희망이 자라기도 하리니
이별의 쓰라린 상처가 지나간 하늘엔

반짝이며 별 몇 개 떠오르고
끝나지 않은 사랑
먼 거리를 달려와
한 송이 꽃으로 피어나기도 하리라

무제

나 사랑하지 마요, 선생님
나를 사랑하다
상처받는 남자를 보았어요
인물도 좋고 체격도 훌륭했답니다
나 아니면 이 세상에
사랑할 이 아무도 없다고 고백했답니다
선생님, 나 사랑하지 마요
그 남자처럼
선생님 실망하고 돌아서면
내 마음 아파 어쩌지요
한 아름 꽃을 안고
그 남자 나를 찾아오기도 했지요
한 아름 선물을 안고 찾아오기도 했지요
긴 사랑의 편지를 보내오기도 했답니다
집 근처로 찾아와
오랜 시간 날 기다리기도 했답니다
선생님, 나 사랑하지 마요

그 남자처럼
선생님 실망하고 돌아서면
내 마음 아파 어쩌지요

최일화 시집_해질녘

이제 잊어야겠다

이제 잊어야겠다
하루 세 번 잊으려도 아니 잊다가
먼 세월 흐른 뒤에 이제 잊어야겠다

이제 잊어야겠다
눈이 오나 비가 오나 아니 잊다가
낙엽 지는 이 가을 이제 잊어야겠다

이제 잊어야겠다
일 년 이 년 삼 년도 아니 잊다가
한 세상 다 보내고 이제 잊어야겠다

이제 잊어야겠다
봄 여름 가을 겨울 아니 잊다가
아카시아 꽃 질 무렵 이제 잊어야겠다

제5부 그런 날

네 생각

사춘기 소년의 애틋한 마음이
이에 더하랴

노총각 타는 가슴이
이에 더하랴

한시도 잊지 못한다는 말
이제 새삼 알겠네

꽃을 보아도 네 생각
신록이 좋아도 네 생각

가을날 들길 걸으며 네 생각
한겨울 눈길 걸으며 네 생각

최일화 시집_해질녘

보랏빛 사랑

남모르게 속삭이듯
사랑의 비법을 알려준 그대
숲속으로 난
보랏빛 오솔길 따라 걸어가면
거기 작고 어여쁘게 피어있는
오랑캐꽃
오랑캐꽃 피어있는 들길 따라
한동안 걸어가면
나뭇잎 반짝이는 숲속의 벤치
내 사랑은 거기서
나를 기다린다고 했으니
보랏빛 그리움 안고 찾아가리
보랏빛 사랑 한 아름 안고
그대에게 찾아가리

그런 날

그런 날이 올까
물음표를 찍으며 너의 편지는 끝나고
나는 너의 편지를 읽고
그런 날을 마음으로 가만히 떠올려 보노니

천지사방에 꽃들 만발하게 피고
너 한 송이 꽃인 양
거기 그 자리 고운 자태로
날 기다려 있을 그런 날

몇 밤을 손꼽아 기다리다가
마침내 오늘 아침부터 마음이 설레
하는 일마다 손에 잡히지도 않다가
너를 만나러 서둘러 발길을 옮겨놓는 그런 날

너를 만나
천지간에 자유롭게 백마 탄 왕자와 공주 되어

들녘을 달리기도 하고
신록의 계절 그늘 좋은 숲속에 앉아
내 사랑의 고백 네가 다소곳 듣는 그런 날

기어코 나는 세상에 살면서
빛나는 사랑을 했던
행복한 사나이도 될 수 있으려니
설령 어느 황혼의 계절에 그런 날이 온다 해도

너와 나눈 고운 사랑의 밀어
네 수줍은 사랑의 고백을 내 마침내 듣고 만 일은
이 가혹한 삶의 자리에서
내가 얻어 가진 가장 값진 전리품이 되기도 할 것이다

너의 이름

나의 친구도 아니다
나의 애인도 아니다
따지고 보면 너는 내게 무엇인가
다만 내 마음이 항상 너를 향해 있을 뿐

너는 한 번도 나의 이름을 불러주지 않았다
나의 이름을 부르지 않고
별명만 불러주었다

나는 너에게 별명인가
마음속에 맴도는 너의 이름을 놓아두고
나는 너의 별명을 불러본다

어느 시인이 한 여인에게
평생 별명만을 불렀듯이
우리는 오랜 시간 후에도 아마
서로 별명을 부를 것이다

최일화 시집_해질녘

너는 나의 무엇인가
나는 너의 무엇인가
언제 너는 나의 이름을 불러줄 것인가
나는 언제 별명이 아닌 너의 이름을 부를 것인가

네가 내 이름을 부르고
내가 네 이름을 부를 때
그때쯤엔 아마 저녁노을 붉게 물들어 있을 것이다

그 저녁노을 바라보며
나는 너의 이름을 부르고
너는 친구의 이름을 부르듯 나의 이름을 부를 수도
있을 것이다

저녁노을

어떤 여자는 따라가겠다고 나뒹굴며 몸부림치고
어떤 여자는 머리 깎고 절로 들어가고
어떤 여자는 연애편지를 공개하고 나서더라고
청마 선생 사후 풍경을 얘기했더니

청마 그 아저씨 별로네 다섯 다리를 걸치다니
그 여자는 그 남자가 오로지 자기 하나만을
사랑한 줄 알았을 거 아냐
못 살아, 내가 정말 못 살아, 선생님은 그러지 마요

나도 청마 같은 사랑을 하고 싶었네
정운 같은 애인을 갖고 싶었네
근원적 고독과 향수를 어쩌지 못해 들길로 나서는 날엔
봄비 기다리는 마른 들녘 되어 네 생각에 사로잡히네

먼 하늘 햇빛 속에 잠겨있는
꿈결 같은 옛 이야기

번민과 고독으로 절망 같은 안개 자욱하던 날
한 그루 꽃나무로 화사하게 꽃을 피우던 너

사랑은 이렇게 잡히지 않는 아련한 그리움인가
사랑이 아니라면
무엇이라 이름하여 너를 부르랴
홀로 바라보는 저녁노을 먼 서산마루에 곱다

선물

옛 소녀 이제 많이 늙어 보인다
먹고 사느라 자식들 키우느라
단발머리 소녀가 영락없는 할머니 모습이다
나는 그 얼굴에서 옛 모습을 찾아낸다

단정한 단발머리
영혼을 뒤흔들던 예지의 눈동자
그네를 인터넷에서 찾았다
오! 그 사람 모습을 다시 볼 수 있다니

나를 까마득히 잊고
나에 대한 기억 하나 없더라도 나는 기억하지
그네가 걷던 그 거리
그네 타고 내리던 수십 년 전 그 시내버스

가을이 익어가는 오후
그네가 쓴 책을 읽고 있다

최일화 시집_해질녘

오! 빛나는 지성 탁월한 지혜여
나 오늘 추억의 소녀로부터 소중한 선물 받아들었네

먼 마을

나는 사랑할 것이다
우주만물과 항상 연애할 것이다
그 사랑과 연애를 쓸 것이다
시로 쓰고 수필로 쓸 것이다
시가 아니어도 수필이 아니어도 쓸 것이다

사랑하며 살다가 죽을 것이다
봄이 오는 들길 봄바람을 사랑하고
가을 들녘 금빛 햇살을 사랑하고
아내를 사랑하고
부드러운 흙을 사랑했노라고

친구들을 사랑하고
저 대한민국의 젊은이들을 사랑했노라고
황사바람 부는 봄날의 들녘을 사랑하고
눈보라 몰아치는 겨울 벌판을 사랑했노라고 말할 것이다

그리고 또 사랑했노라고
아무도 모르게 한 여자를 진실로 사랑했노라고 말할
것이다
그 여자 사는 마을엔
지금쯤 저녁노을 붉게 물들어 있을 것이다

고해성사

은은하게 성가반주가 흐르는 성당에서
부활절을 앞두고 고해성사를 기다리는 많은 신자와
함께 앉아서
무엇을 고백해야 할지 곰곰 생각한다
너와의 관계를 고백해야 할까 말아야 할까
한동안 너를 마음에 두었었다고 고백을 해야 할까
말아야 할까
너에게 보낸 이메일을 떠올려보고
너와 나눈 전화통화를 생각해보며
혹시 우리 사이가 죄가 되는 것은 아닐까
미풍양식을 저버리고 인륜에 어긋나고 하느님 뜻을
어긴 것이 아닐까
잠시 후 신부님 앞에 모든 걸 고백해야 할까 말아야
할까
사춘기 소년의 들뜬 마음으로 너를 생각하며 보낸
몇 해가
아내를 배반한 것이 되는지 가정에 소홀한 것이 되는지

남의 여자를 탐내지 말라는 말씀에 어긋나는 것인지
여자를 보고 음욕을 품는 자마다
이미 간음한 것이라는 말씀에 해당이 되는 것인지
아름다운 사랑일 수도 있는데
나는 애써 황혼녘 로맨스그레이를 떠올려본다
플라토닉 러브라는 말도 세상엔 있는데
잠시 후 고백을 해야 할까 말아야 할까
너를 생각하며 보낸 지난 몇 해가
아름다운 시간 기쁨으로 충만했던 시간이었는데
하느님의 사랑, 이웃에 대한 사랑의 하나라고 생각
하는데
너와 나의 일을 고백하지 않으리라 다짐하며 자세
를 바로 하여 앉는다
하느님은 다 알고 계실 거야
가정에 충실하지 못하고 아내를 배반한 것이 되는지
너를 생각하며 사는 것이 이미 간음을 저지르고 있
는 것인지
하느님은 다 아시고 지켜보고 계실 거야
하느님, 저의 로맨스그레이를 잘 지켜보시다가
나중엔 마음 푹 놓으시고 그동안 공연히 마음을 졸
였노라고
이젠 마음이 푹 놓인다고 말씀이라도 해 주십시오

혹시 제가 죄를 짓고 있는 것이라면 합당한 벌을 내려 주십시오

아니 무서운 벌을 내리기 전에 제가 홀로 들길을 걷는 시간

조용히 다가와 다정한 음성으로 말씀이라도 해 주십시오

푸른 산천 아름다운 들녘에서 저는 당신의 음성을 들을 것입니다

봄을 다시 맞으며

올 봄은 작년 봄만 못하다
작년 봄엔
네 생각으로 내 마음도 꽃이 환하게 피었는데
올핸 작년만 못해
내 마음 꽃빛깔이 작년만 못해
시 쓰는 친구들 늙기 시작하고
같이 술 먹던 동료들 하나씩 퇴직해 나가고
지난겨울 빙판에 다친 다리 아직도 성치 못하여
지팡이 짚고 절룩거리며 빈 들녘 혼자 나선다
종종 거리의 쇼윈도에 비치는 내 모습
나이를 먹긴 먹었나 보다
너마저 나를 늙은이 취급할 거 같아
너 만나는 일도 이제 삼가야겠다
같이 늙어가는 사람 곁에 있어야 편하지
젊은 사람 만나 콧대라도 높이면
부담스러워
너를 사랑한다는 생각도 이제 접어야지

욕심이 끼면 사랑도 추해지기 마련인데
햇수로 한 3년
나는 사추기를 겪었네
젊은이 못지않은 뜨거운 연애 시 십여 편을 썼으니
사춘기를 지나면 의젓한 청년이 기다리고 있는데
바야흐로
이제 사추기를 지나
딛어야 할 땅이 궁금해지네

'임의로우니까' 라는 말

그 고운 말을 어디서 배웠을까
그 예쁜 말을 누구에게 들었을까
그 마을에선 네 친구들끼리
이 향기로운 말을 예사롭게 하며 수다라도 떠는 건가
내 나이토록 한 번도 사용해보지 않던 말
누구에게도 들어본 기억도 없는 말
다정하고 상냥하여 한번 써보고 싶은 말
책에서도 읽어본 적이 없는 것 같고
사전을 찾아보고 비로소 알게 된
따뜻한 우리말
세상의 밥그릇도 내가 더 많이 비웠는데
네가 사는 마을이나 내가 자란 마을이
거기가 거긴데
어째 나는 들어보질 못했을까?
그 예쁜 말이 어디에 숨었다가
너의 말이 되었을까
너의 말이 되었다가 스스럼없이 내게 왔을까

비로소

마음의 하늘에 별이 하나 새로 뜬다

'선생님이 임의로우니까, 제가 별 부탁 다 하구 그래요…'

오늘 네 메일을 받고

'임의로우니까'에 시선이 멎었다

임의로우니까? 임의로우니까?

아무리 생각해도 들어본 적이 없다

써본 적이 없다

아기가 엄마에게 말 하나를 배우듯

오늘 비로소 보석 같은 말 하나를 배운다

따뜻하고 정다운 말 하나를 오늘 새로 네게서 배운다

한밤중에 일어나

한밤중에 일어나 네 편지를 읽는다
어둔 밤에도 밖에선
수런수런 봄이 오는 소리
아침이면 성큼
봄은 더 가까이 와 있으리라
너는 지금 어디 낯선 곳에 있느냐?
그 따뜻한 눈빛 다정한 말씨
누이처럼 정답고 엄마처럼 포근했던 너
너와 걷던 오솔길에
새싹 돋아나고
네 마지막 모습
아른아른 하늘가에 어리는데
너는 어디에 꼭꼭 꽃처럼 숨었느냐?
목련과 더불어 너는 필 것이냐?
장미와 더불어 붉게 피어날 것이냐?
한 여름 다 보내고
노란 들국화로 피어오를 것이냐?

한밤중에 일어나 네 사진을 본다
네 이름 나직이 불러본다
너는 지금 어디에 별처럼 숨어 있느냐?

무제

누구에게도 나는 네 얘기를 하지 않는다
열이면 열 너를 만나지 말라고 할 것이다
도덕은 너와 나의 사이에 폭군이 되고
종교는 너와 나의 사이에 다시 철의 장막을 친다
나는 누구에게도 갈대밭 오솔길을 말하지 않고
가을날 석양을 얘기하지 않는다
도덕이 횡행하는 사회 활보하기는 위험하다
교리가 난무하는 세상 너와 나의 길은 험난한 가시밭길
네가 생각나는 날엔 에덴의 동산을 걷듯 들길을 걷는다
무화과나무 곁에서 이브는 나를 기다리고 있을까
오랜 경륜이 흔들리고 이성마저 마비시키는
강렬한 빛의 별 하나 언제부터 나의 하늘에 떴나
캄캄하게 소식 없는 날은 금세 금단증상이다
마귀는 한 때 천사였다는데
내 안에 서서히 어둠이 자라고 있는 것인가
나를 붙잡고 놓지 않는 저 괴력
선과 악의 영원한 대결인가

이 간절한 그리움도
그냥 불륜의 쓰레기더미로 던져지고 말 것인가
한낮의 햇빛에 금세 시들어 버리고 말
기어코 죄의 달콤한 유혹이고 만 것인가
아무런 해답도 얻지 못한 채
뉘엿뉘엿 지는 해 더불어
나는 모색暮色의 풍경 속을 걷고 있다

배필

하늘과 바람과 별과 함께
시인이 지금도 살고 있듯이
너는 나와 함께 살고 있다
나의 시와 함께 살고 있다
너는 나와 한 몸 되어 나의 시를 낳았다
내 시엔 너와 나의 유전인자가 들어 있다
내 시를 읽는 사람은 알 것이다
내 시가 네 몸을 빌어서 태어났음을
내 시의 피가 되고 살이 된 너
너와 나는 일심동체
시는 살아있는 생명체
나는 너와 짝을 이루어 생명을 낳았다
시인은 우주만물 가운데 짝을 고른다
짝을 이루어 자기를 빼닮은 시를 낳는다
육신의 자녀가 잊혀지는 날에도
시의 자녀는 남아 천년을 산다
천년의 배필

너를 닮아 수려한 나의 시는
어미아비의 이름을 후세에 빛내리라
사랑의 증표가 되어
오랜 세월 향기로운 꽃으로 피어있으리라

최일화 시집_해질녘

두 별

혼탁한 세상 밤하늘엔
오직 검은 하늘뿐
하늘에 두 개의 별
있는 줄 누가 알리요
오직 맑은 산정에서 보이는 두 개의 별
어느 날 어지러운 세상 홀연 떠나
하늘에 별이 된 두 연인
새벽이면 늘 함께 숨어버린다
별들에겐 하나씩 이름이 있다
별들은 서로서로 이름을 부른다
아무도 모르게
별들은 제 짝의 이름을 부른다
아무도 그들의 밀회를 본 적이 없다
밤 깊어
구름 속에 숨더라는 소문만 무성할 뿐
아무도 그들의 밀회를 본 사람은 없다

대책 없는 그리움

불현듯 네가 보고 싶어도
보고 싶다는 말을 꺼낼 수도 없다
세상의 금기를 깨는 일이기 때문이다
다분히 네게도 책임이 있다
그리움은 시시각각 자라는 것을
이 만큼 자라도록 방심한 까닭이다
너는 또 왜 할 말이 없겠느냐
나잇값도 못하고 변명을 늘어놓는다 할 것이다
무슨 말로 대꾸를 하랴 사실이 그런 것을
이 그리움도 오로지 나의 일만이 아니라
조물주가 세상에 다 마련해 놓은 것을
잘 헤아려 가다듬는 일이 남아 있을 뿐이다
나는 너로 인해 죄를 짓고 싶지도 않다
죄를 짓지 않고 내 그리움이 자라나게 하는 일
그것이 물 위를 걷는 일처럼 어려울지라도
나는 죄가 되는지 아니 되는지 담판이라도 벌일 것이다

이 그리움 언제까지 자라날지 일부러 꺾지는 않을 것이다
산천이 들려주는 목소리를 나는 겸허하게 들을 것이다

가을 편지

손을 잡고 들길 걷자는 너의 말
네가 안겨주는 최상의 기쁨
가장 좋은 가을의 선물

자연은 아름다워
아름다운 사랑은 자연을 닮은 사랑
함께 걷던 그 들녘 즐거운 추억

저 가을 속에서 나는 고백하리
한 송이 들꽃 네게 건네며
네가 안겨준 나의 행복을

공중의 새들이 지켜보겠지
곤충들이 풀섶에서 지켜보겠지
하느님 하늘에서 보고 계시겠지

최일화 시집_해질녘

6월이 오면

낮은 길고
태양은 열정에 타오른다
반짝이는 잎사귀
나무들 늠름한 자태
깊고 깊은 청자 빛 하늘
햇빛 찬란한 푸르른 대지
신록의 긴 터널
장밋꽃 만발한 6월의 밤
성년식을 마친 장정들처럼
비로소 세상은 날개를 편다
6월이 오면
시냇가로 오솔길로
6월이 오면
나는 찾아 나설 거야 나의 사랑
저 찬란한 햇빛 속에서
우렁찬 신록의 함성 속에서
나는 그대와 사랑을 할 거야

별의 말

내 마음에 별로 떠있던 사람
오랜 시간이 지나서도
여전히 반짝이며 지상의 별이 되어 있다
별이 밤하늘에 반짝이듯이
그녀에게서 반짝이는 빛
별을 찾아 밤하늘을 올려다보듯이
나는 먼 마을에 반짝이는 그녀를 본다
별의 말이 밤하늘 빛이듯이
그녀의 언어는 땅의 향기다
별들의 말을 흉내 낼 수 없듯이
그녀의 향기를 설명할 방도가 없다
별의 말이 시인의 시가 되어 태어나듯이
그녀의 향기는 가끔 나의 노래가 된다
나는 그녀의 향기에 취해 있다
어느 사랑이 이보다 더 숭고할 수 있는가
고백할 수도 없는 나의 사랑
밤마다 나의 하늘에 별빛처럼 흐르는 너의 향기

나의 사랑에 서둘러 돌을 던지지 말라
그녀의 향기가 나의 시가 되었을 뿐이다

너 거기 햇빛으로 있어라

너 거기 햇빛으로 있어라
그래 너 거기 추억으로 있어라
추억에서 피어난 꽃송이로 있어라
네 생각이 나면 들길로 나설 것이니
너는 거기 옛 동네 꽃밭 같은 곳에서
노후를 맞으며 할머니가 되어 가며
그래 거기 반짝이는 언어로 있어라
내가 언제 너를 사랑한다 하든
너는 그냥 낯익은 풍경으로
오래 거기 있어라
다가갈 수도 멀어질 수도 없는 너
너는 베를 짜고 나는 밭을 갈며
은하수에 까마귀와 까치 다리를 놓을 때까지
너는 향기로운 흙냄새로 있어라
무더운 여름날 솔바람으로 있어라
쓸쓸한 가을 들녘 들꽃처럼 있어라
살다가 살다가 외로워지거든

눈을 들어 모색 짙은 들녘에 눈길 한번 주어라
항시 네 생각에 젖어 사는 한 사내의 그림자를 보리라

모색暮色

기울어가는 석양 아래
멀어져가는
네 모습 생각하며 있나니

저 마지막 불타는
노을 속으로
서서히 어둠이 찾아와 자리하듯

뙤약볕 같던 나의 연정
이대로
저 어둠 속으로 사라지고 말 것인지

아, 그대여
우린 차라리 오다가다 만나는
무심한 구름이어야 했을 것을

자서

최일화

오랜만에 시집을 엮었다. 1998년 〈어머니〉를 상재한 이래 10년 만이다. 그동안 수필집 한 권을 펴내기는 했지만 그것으로 내 나태를 변명 삼고 싶지는 않다. 시인에겐 침묵도 창작 과정의 하나라 하니 오랜 침묵 속에서 나도 모르게 나의 시심이 성숙되었기를 바라고 싶을 뿐이다.

나는 줄곧 시에 있어서 지나친 기교란 시를 흠집 내는 것에 다름 아니라는 생각을 가져왔다. 난해 시에 대해 알레르기 반응을 보였다. 독자에게 영합하기 위해 온갖 미사여구와 공허한 언어를 남발하는 부류의 시를 보면서 나는 고운 시선을 보낼 수 없었다.

근래 다양한 직업 계층의 시인 작가 군이 출현하고 있다. 혹자는 시인 작가의 양산을 우려의 시각으로 보는 견해도 있는 것 같다. 그러나 따지고 보면 시인 작가 아닌 사람이 어디 있겠는가. 생각과 느낌이 있고 나의 삶, 나의 꿈이 있는 사람이라면 누구나 다 그 마음속에 시인, 작가가 잠재해 있다고 보아야 할 것이다. 문학 인구의 저변 확대라는 점에서도 긍정적 효과는 대단히 큰 것이다.

다만 염려되는 것은 악화가 양화를 구축한다고 했던가. 아마추어리즘이 너무 무성하여 문학 풍토의 본말을 전도시키고 문학 발전을 저해하는 부작용이 우려된다는 점이라 하겠다.

근래 나는 사랑과 연애를 다룬 수상록 내지는 교양서를 여러 권 읽었다. 프랑스의 고전 스탕달의 〈연애론〉에서부터 최근의 사랑과 성에 대한 담론서까지 망라했다. 젊은 여성 작가들이 쓴 책 몇 권을 보고는 이것이 요새 젊은 사람들의 연애 풍속도인가 싶어 충격을 금할 수 없었다.

마치 억압되었던 성이 봇물 터지듯 터져 나오는 느낌이라고 할까? 대담하고 적나라한 표현과 주장으로 잠재되어 있던 욕구를 마음껏 드러내고 있는 양상이다. 순결의 개념은 이제 구시대의 낡은 유물처럼 다루고 있는 데 놀랐다.

비로소 시대가 어떻게 바뀌어 가는지 또 세상에 세대차가 왜 존재할 수밖에 없는지에 대해서도 생각해 보게 되었다. 그리고 내가 나이를 먹었다는 것을 실감나게 깨달은 계기도 되었다.

물론 이러한 변화를 촉발하는 요인은 다양할 것이다. 하지만 이해는 하되 결코 따라갈 수는 없는 세대와 세대 사이에 딜레마가 존재하다는 것을 시인하게 되었다.
물론 아무리 시대가 바뀌고 가치관이 달라져도 역사를 관통하여 흐르며 인간사회를 존속케 하는 인류 보편의 윤리와 가치는 항구하게 존재할 것이라는 확신에는 변함이 없다.

나의 이 시집에는 나로서는 다소 파격적인 경험을 형상화한 일련의 작품이 실려 있다. 한편으로는 발표가 망설여지던 측면도 있었다. 그러나 내 감정의 진실성과, 내 체험의 절실함으로 시의 정당성이 확보되었다는 확신이 섰기에 망설임 없이 시집에 삽입하였다.

나는 청마 선생의 연서를 읽었다. 청마 시인은 수많은 연서를 쓰고 두 명의 여류시인에게 쓴 연서가 책으로 출간된 것으로 알고 있다. 나는 그 분의 연서가 어떤 성격을 가지고 있는지 나름대로 꼼꼼하게 생각해 보았다. 그리고 그것이 그분만의 독특한 연애행각이 아니라 우리들 모두의 보편적 사랑의 정서가 그분을 통하여 표출된 것뿐이라는 결론을 내렸다.

그 언어의 고급한 표현으로 인하여 세간의 비난의 화살을 피하고 한편으론 서간 문학으로 인정받는 정당성까지 확보하게 된 것이다. 만약 언어로 표현하여 승화시키지 못했다면 그분들의 사랑도 불미스러운 연애사건으로 세간에 오르내렸을지도 모를 일이다.

늘 마음은 좋은 시를 써야지 하면서 또 이렇게 부족한 작품집을 내놓게 되었다. 설령 읽는 독자가 많지 않다 하더라도 이 글을 읽으면서 공감하는 독자가 더러 있으리란 기대에 마음이 즐겁다. 특히 젊은 세대가 이 시집을 읽고 공감을 하게 된다면 그것은 또 다른 기쁨이 되기도 할 것이다. 끝으로 어려운 여건에서도 출판을 맡아주신 출판사 관계자 여러분께 깊은 감사를 드린다.

2008. 7. 26
인천 만수동에서